KB269855

고난의 영광

고난의 영광

시와정신사

■

시인의 말

인생에 지름길이란 없다.
다만 순간의 연속이 있을 뿐이다.
한 순간 한 순간을 차곡차곡
살아가야 한다.
어느날 갑자기 삶의 꽃이
화려하게 꽃피우리라고
믿지 말라.
지금 이 순간을
이 자리에서 최선을 다하여
성실히 살지 않는데
어떻게 별안간
꽃을 피우겠나.

2025년 여름
김경년

___ 제3부

____ 제1부

고난의 영광

고난의 영광은 상賞이 아닙니다.
이해와 공감, 자비심과 감사의 능력을
키우는 데 있습니다.

우크라이나의 여자들과 아이들이
이웃과 마을을 버리고
전쟁의 비참함을 피해, 쏟아지는 폭탄을 피해
피난을 가는 것을 보며
70년 전 우리도 맹골로 청덕리로
똑같은 고통과 고난을 겪지 않았던가?

마음 속에 공포와 폭력의 무서움이 느껴지고
나는 그들을 가슴 속으로 가까이 끌어 온다.
눈물로 눈을 적시며…
사랑이 그들에게로 흘러간다.

엄마 할머니 모두 머리수건 둘러쓰고 애기를 등에 업고
주님, 이것이 고난의 영광입니다.

주님이시여, 저희 모두를 도우소서.
저희 모두를 구하옵소서, 간직하여 주시옵소서.
엄마, 할머니, 애기들, 그들의 크고 작은 조물들.
아저씨, 오빠들은 총탄, 포탄, 파편의 우박 속에
죽을 힘을 다해 달려갑니다.

사랑하는 주님이시여, 저희의 기도를 들어 주소서.
아멘.

GLORY OF SUFFERING

Glory of suffering is not in rewards

but in increased capacity for understanding,

empathy, compassion, gratitude.

I realize when I see Ukrainian women and children

fleeing from their homes, their villages, their neighbors,

to avoid the misery of war⋯

destruction, ravaging bombings.

I remember my own fleeing to Maeng-Gol

and to Chong-Deok-Ni seventy years ago.

I feel the same pain and suffering,

fear and terror that stir in me to bring them close to my heart,

bring tears in my eyes.

My love flows for them, the mothers and grandmothers

in their babushkas, and the baby they carry in their backs.

Oh, Lord, this is the reward, this is God's glory in me.

Dear Lord, help us all. Save us all, keep us all,

mothers and grandmothers,

babies and their little creatures, small and large.

Uncles and brothers running through hails

of bombs and bullets and shrapnel.

Dear Lord, hear our prayer! Amen.

고독

고독은 모든 다른 사람으로부터 떠나
자신自身과만 함께할 수 있는
온전한 자유를 말한다

아무도, 아무것도, 정신을 빼앗거나
방해하지 않으며, 어지럽히지 않는.

그래서 나는 고독을 찾고
커피숍, 버스정류장, 의사 사무실 대기실,
어디에서나 고독을 찾을 때
마냥 기쁘다.

SOLITUDE

Solitude is the perfect freedom to be away

from all others

to be with yourself all alone,

with no one to distract, disturb, or

otherwise derange you.

So I seek solitude and when I find it in

coffee shops, bus stations,

in waiting rooms of doctors' offices,

I am overjoyed.

나는 나의 죽음을 애도합니다

죽는 것이 슬퍼서가 아니라
그것이 끝이 아니라는
생각으로 감동을 느끼기
때문입니다.

죽음이 삶의 종착역,
목적지일까요?
아니기를 바라며 삶의 찬미를
부릅니다.

사랑하는 이여, 영혼 속에
사랑을 채우면
그대는 사랑의 화신
네가 이것을 믿느냐?
대답하십시오.

우리의 삶이 아름답다면
죽음의 삶도 아름답겠지요.
아름다운 오늘이 되시기를!
웬지 오늘은 눈물이
풍성하네요.

I MOURN MY OWN DEATH

I mourn my own death

not because dying is sad

but because I feel moved by

the thought that it's not the end.

Is death the final destination,

the goal of our life?

Hoping that it is not,

I sing the praise of life.

Dear loved ones, if you fill your soul

with love,

you will be the god of love.

Do you believe this?

Please answer.

If our life is beautiful,

the life of death should be, too.

I pray your "today" is beautiful!

Don't know why, but today

I feel the abundance of tears.

나는 방법을 배웁니다

나는 나의 불행을 채우는 방법을 배웁니다.

　　음악의 아름다움으로,

　　연등蓮燈의 아름다움으로,

　　귀여운 아기들의 미소로,

　　휘영청 창문 가득한 달빛의 밝음으로.

나의 눈은 전쟁의 기억으로 가득합니다.

　　폭격, 길게 우는 사이렌 소리.

　　파멸과 죽음.

나는 엄마 없는 아이가 되고

　　내가 살아온 사랑은 더 이상 없습니다.

오, 푸틴 씨, 당신은 잊혀지지 않을 것입니다.

우린 모두 죽을 거고, 당신도 죽을 겁니다.

그런데 당신은, 죽어도 고이 잠들 수 있을까요?

I LEARN HOW

I learn how to fill my misery

with the beauty of music,

of the lotus lanterns,

of little babies smiles,

and of the moon glow.

My eyes fill with memory of war--

bombings, of sirens wailing,

destruction and death.

I become the motherless child,

no longer is there the love I lived on.

Oh, Mr. Putin, you will never be forgotten.

We all go and you will too,

but will you be able to

rest in peace?

나는 시간이 더 필요하다

친구들하고 쇼핑을 가면
친구들이 새 옷이나 새 신을 사서
그 자리에서 입고, 신고
상점을 나서는 것을 본다.

어떻게 저렇게 금방 산 물건을
몸에 걸치고 자연스럽게
길에 나갈 수가 있을까
적어도 집에 가지고 가서
인사를 시켜야 되는 것 아닌가

나는 처음부터 새옷을 사기도 어렵지만
사가지고 와서도 옷장에 걸어 놓고
적어도 두, 서너 달, 아님 일 년,
한참 낯을 익혀야
겨우 입고 나가는데.
구두는 더 말할 것도 없고…
여러 번 신어 보아 딱딱함과 생소함이
저윽이 누그러져야 신고 나간다.

나는 "즉시만족"에 익숙지 않다.
"지연 반응"족에 속한다고나 할까
소유도 시간이 많이 걸린다.
인간관계도 마찬가지. 그대의 이름,
얼굴을 기억하는 데 오랜 시간이 걸리고
당신도 내 이름과 얼굴을 기억하는 데
한참 걸릴 것이다.

친구까지도 때로는 멀리 있음을 느낀다.

그대여, 내 옷장 속에 한참 더 오래 걸려 있어야 하리.

I NEED MORE TIME

I used to marvel at friends who buy new outfits

or a new pair of shoes and walk out of the store

in them.

I could never do that. It takes me a long time to decide

to buy anything to begin with, and then it takes more time

for it to become mine. The dresses need to hang

in the closet for months;

shoes need to rest for weeks in the box

before I will walk out in them.

Instant gratification is not for me. I am of

the genus delayed-feedback.

Ownership takes a long time to root.

Likewise perhaps with my relationships--

it takes a long time for me to learn your name, your face,

and it will take a long time for you to remember

my name.

Even friends seem distant.

I need you to hang in my closet a little more.

스탠리 발칸을 위하여
— CCC 50주년 기념시

우리를 나무에 견준다면

스탠리는 참나무 같은 사람이다.

키가 큰 포플러 또는 적송나무가 아니고

잎사귀 대신 침엽을 가진 소나무도 아니다.

빨간 단풍나무 혹은 꽃이 만개하는 벚꽃나무, 다 아니다.

단단하고 둥그스름한, 가지 많은 참나무라고나 할까?

다람쥐가 하루 종일

도토리 달린 가지 끝을 오르내리고,

까마귀들 깍깍거리며 작은 새들을

겁주어 쫓아 보낸다.

다정한 갈색 토히는 짝을 지어 모이고

허밍버드들은 나뭇가지에 걸려 있는 등불

빨간 사탕물 접시를 맴돈다.

참나무는 강하고 단단하다. 바람이 지나가도 그만이다.

때로 참나무는 풀이 노랗게 마른 산비탈에 홀로 서 있다.

혹시 그 근처에 수맥이 있는 걸까?

다람쥐는 확실히 우리보다 안목이 길다.

도토리를 땅에 묻고 도토리는 뿌리를 깊이 내린다.

충실한 친구, 시인, 책을 만드는 사람,

참나무 같은 스탠리.

FOR STANLEY ON THE OCCASION OF HIS 50 YEARS OF CCC

If we were to compare him to a tree,

Stanley would be an oak.

Not a tall poplar or redwood,

nor a pine with sharp needles instead of leaves,

not even a red maple or a blossoming cherry

but a solid roundish oak with bushy branches

where squirrels scurry up and down all day

to forage at the tips of the branches,

menacing crows squawk

at the small birds to scare them away,

friendly brown towhees gather about in pairs,

and humming birds hover around the dish of red sugar water

that is hung on the lowest branch like a little lantern.

The oak is strong and hardy. Breezes pass through it but
rarely show.

Sometimes an oak stands alone on a dry golden hill

and makes you wonder if there is vein of water somewhere
nearby.

Squirrels do seem to have a longer view than we have
because

they plant their acorns in the ground and the oak does grow

deep roots.

Our most loyal friend, poet, and bookmaker,

that oak of a man: Stanley.

아름다운 나의 친구들, 그대들이 그립다

이 벽 없는 감옥생활을 언제까지 한단 말인가.

멀리 있는 친구들은 자주 못 보는 것이 보통이지만

이렇게 아예 "못 보라"고 하니

정신적, 심리적 거리감이 천리, 만리,

아득함이 나를 절망으로 몰아간다.

가까이 있는 친구는?

만나서 커피 한 잔, 차 한 잔을 못 나눈단 말인가.

얼굴을 못 본 지 수 개월… 우리 모두

무슨 죄를 지었기에 이런 벌을 받는단 말인가.

그대들이 그립다.

아름다운 친구들,

마음이 아름다워 온 모습이 아름다운,

나의 친구들 보고 싶다.

그대들의 따스한 시선,

빛나는 마음,

관용과 베품의 너그러움,

나에게 건네는 우정의 언어,

모두 그립다.

그리움에 사람의 목숨이

끊어질 수도 있을까.

아, 자유가 그립다. 그대들과 같이 앉아
차 한 잔을 마실 수 있는 그 자유.
이것이 무슨 천벌이란 말인가.
인류는 이제 희망이 없다.
이런 식으로 가면 눈에 보이지도 않는
무슨 무슨 수없이 많은 바이러스에 쫓겨,
전쟁도 필요 없고,
핵폭탄도 필요 없고,
전세계 재산, 석유, 돈,
다 소용없고, 우린 모두 쓰러 넘어진다.
삶은 없고 오직 죽음의 어둠만이
세상을 덮고 지배한다.
그렇다.
그 속에서 누가 살아남으랴?
다 죽어 쓰러지고 쓸려 간다.
주검의 밭--이것이 지구의 땅의 모습,
물이 들어와 씻어 가고,
불이 들어와 태워 없애고,
물 위에 재가 둥둥 뜨겠지….
그때도 우리의 영혼이 있다고 믿을까.

누가?
아아, 그립다 나의 아름다운 친구들,
나의 사랑하는 친구들.

MY BEAUTIFUL FRIENDS, I MISS YOU ALL

How much longer is this life of prison without walls
      going to last?
It's usual not to see friends often who live far away
but now that "we are not to see each other",
      it's like I have been condemned to an exile,
ten–thousand miles away from you all, mentally and
emotionally.
It feels so distant that I feel pushed to the brink
      of abysmal despair.
What about friends nearby?
Can't sit together to share a cup of tea or coffee,
      face to face.
I have not seen them for months.
What horrid sin have we committed to deserve
      this harsh and unusual punishment?
I miss you one and all, my beautiful friends
      you are beautiful because your souls
      are beautiful.
I want to see you all--
      your glances filled with warmth, shiny hearts,

the generous heart of tolerance and hospitality,

words of friendship and support--

I miss them all.

Can one expire of longing and missing?

Ah, I miss freedom. The freedom to sip tea with you.

What heavenly punishment is this?

Human race does not have hope.

If this continues, we will be

taken over by the myriad invisible XX viruses.

No need for wars, nuclear bombs, whole world's wealth,

oil, or money.

We will all wilt and drop down.

No life but the darkness of death will cover

the Earth and rule.

Yeah, right!

Who will survive?

We will all collapse and get wiped out.

The field of death will be the visage of Earth.

Water will come and wash all away.

Fire will come and burn all away.

Ashes will float away in the water.

Will there be anyone left to believe in souls?

Who will?

Oh, I miss you all, my beautiful friends,

my most loving friends.

5월의 신록

아름다운 5월의 신록에
눈망울을 담근다.
일본의 천연염색 장인처럼

비단 생사 다발을
인디고, 칡뿌리, 온갖 천연 색소의
물감을 우려낸 물에 담그고 담그며
그가 하는 말.

"이건 역사나 문화를
위한 것이 아닙니다.
염색은 아름답지요."*

나도 그처럼 할 수만 있다면
내 눈을 그리고 온 세상 사람들의 눈망울을
5월의 녹색으로 물들이리라.

* 염색장인 사치오 요시오카, 교토, 일본

THE NEW GREEN OF MAY

In the fresh green of May

I dip my eyes over and over

like the artisan dyers of Japan.

As he dips the tresses of silk threads

in the vats filled with water infused with indigo,

arrow roots, and flowers,

"It's not history or

culture I do this for.

It's just beautiful."*

If I could live the way

they do, I would dye my eyes and

the eyes of the world green.

* Sachio Yoshioka, Kyoto, Japan

우리 세대

20대는 짝 찾아 결혼하느라고 바쁘더니

30대는 헤어지고 이혼하느라 바쁘더라

40대는 재혼하느라고 난리

50대는 틴에이저 애들하고 투쟁에 (바쁘더니)

60대는 건강에 탈 나기 시작

　고혈압, 당뇨, 심장, 신경통 등등

70대는 배우자 잃어 홀로서기로 끙끙

이제 80 되니 늙느라고 정신 없다

온몸이 성치 않고 정신도 오락가락

90대까지 성하게 살면 축복받은 노인

100세까지 살면 복인지 욕인지

　분간하기 어렵지

웬만큼 살았으면 감사하고

떠날 때 떠나는 것도 지혜?

너무 오래 살아 환영을 과용하면

　남은 것은 원망 뿐이리라

제때 제때 움직일 줄 아는 것이

　아마도 필수 미덕?!

DECADES

Our twenties were busy finding a mate and getting settled.

Thirties were busy separating and getting divorced.

Forties were occupied with re-marrying and starting anew.

Fifties were going by with struggles with the kids and mortgage payments.

Sixties were greeted with health issues:

     arthritis, blood pressure, cardio-vascular, diabetes, you name it.

Seventies were learning time to tand alone losing a spouse or partner.

Now come the eighties, catching up with great speed--

     80 mph as they say.

If the nineties catch up with us in a serviceable condition, it will be a blessing.

If one hundred comes around, you wonder if it's a blessing or a curse.

If we overstay our welcome, no hospitality will remain,

     not a welcome company.

Knowing when to move on is a necessary virtue?!

윤기 나는 머리

윤기나는 긴 머리
생동감 넘치는 근육
탄력있는 피부
미끈한 팔다리 근육

지나가는 이들의
시선을 모으는 뒷모습
사슴같이 달리는
모습을 보며

나도 저런 때가 있었던가
나도 저랬으면 좋을까
나는 저걸 부러워해야 할까

아, 아니다
무엇을 부러워하랴

지금이 가장
행복한 걸

LUSTROUS LONG HAIR

Lustrous long hair,

muscles packed with vitality,

skin with elasticity,

shapely legs and arms.

Her back view gathers

the eyes of passers-by

as she runs on the sidewalk

like a gazelle.

Was there a time when

I looked like that?

Should I envy her?

Oh, no!

What would I ever envy?

I am the happiest now.

집집마다 화랑, 창문마다 화폭

"집집마다 화랑.
창문마다 화폭."

코스코 매장, 창문 패션 코너에 붙은 광고다.
잠시 한가한 시간
빨강과 흰색 비치 파라솔 아래
백 퍼센트 소고기 핫도그를 씹으며
두줄 광고에 희망이 인다.

햇볕도 없고,
모래사장도 없고,
비키니 걸친 젊은 몸매 하나 없어도…

끊임없이 늘어서서 지나가는
쇼핑 카트의 행렬--
종이 타월, 화장지 뭉테기, 그릇닦이
퐁퐁 세제, 세탁용 세제,
그 속에 끼어 있는 "대합싸이즈 딸기" 상자,
이십 파운드짜리 "견공 먹이" 자루,

카트마다 수북이 쌓여 매점을 나간다.

이 모든 것들 들어가는 집,
화랑은 어떤 모습일까?

그들 창문은 어떤 모습의 화폭일까?

모두 박물관에 들어갈 수 있을까?

EVERY HOME A GALLERY

"Every home a gallery.

Every window a canvas."

says the Window Fashions corner at Costco.

For an idle poet munching on a

All beef hot-dog under a red and white

beach–parasol with no sun,

no sand,

no bikinis around,

the two lines represented a glimmer of hope.

The unending procession of

shopping carts piled high with paper towels,

toilet paper, laundry detergent

and dishwashing liquids

along with crates of clamshell strawberries,

twenty-pound bags of dog-chow,

keeps her wondering

what their gallery would look like

and what kind of canvases would be hanging.

Will they make it all the way to a museum?

풀 뽑기

동물원의 원숭이가
새끼 몸에 이를 잡듯이
나는 넓지 않은 마당에서
잡초를 뽑는다.

뿌리째, 흙덩어리 달린 채
삼족三族을 멸滅하기라도 할듯
악착같이 뽑아낸다.

그런데 어쩌나,
잡초는 벌써 무수한
씨들을 깨알 같이 뿌려놓고

내년 봄 비가 오면
또다시 수많은 풀이 일어나
마당을 가득 채울 것을
기약해 놓은 터…

적자생존, 할!

PULLING WEEDS

As monkeys in a zoo

pick their baby's bodies for lice,

I pull out weeds from our small yard--

blades, stems, roots, dirt clusters and all.

I pulled them out as if I would eradicate

"three generations of the weed clan."

But alas, their gazillion seeds

have already been scattered

all over the yard as if a bowl of

sesame seeds had been knocked over.

At the first spring shower next year

the weeds promise to return with a vengeance

to reclaim their right to their homeland.

Survival of the fittest!

하늘 아래 새로운 건

하늘 아래 새로운 건
　　없다고들 하지만
생각해 보오--
　　지금 이 순간이
　　다시 오며,
언제 또
　　왔었던가를.

한시가 새로운
　　이 삶이 어째서
새로운 것이 아닐까.
　　참, 모를 일이네.

NOTHING NEW UNDER THE SUN

They say that there's

      nothing new under the sun

but think about it--

Will this moment

      ever come back again?

Has this moment ever come before?

Every moment of our life

      is a new moment.

How can anyone say it isn't?

A mystery I cannot fathom.

지금 여기에서 꽃 피우라
– 나의 아들에게

인생에 지름길이란 없다.
다만 순간의 연속이 있을 뿐이다.
한 순간 한 순간을 차곡차곡
살아가야 한다.
어느날 갑자기 삶의 꽃이
화려하게 꽃피우리라고
믿지 말라.
지금 이 순간을
이 자리에서 최선을 다하여
성실히 살지 않는데
어떻게 별안간
꽃을 피우겠나?

Bloom Here Now

— To my son

There's no shortcut to life.

There's only the continuation

of the present moment.

The question is how to live

the moment: now.

Do not postpone life to some later

time, as if life will happen for you.

Do not wait for your life to take

place in some glorious moment.

Now is that moment.

Bloom now!

Here, where you are!

흰 머리 바이러스

3년간의 팬데믹 은둔생활에서 기어나와
조심조심 세상으로 나온다.
길모퉁이 식료품점, 빵집, 약방,
우체국으로 살금살금 들어간다.
웬일로 가게 점원, 고객들 모두
머리 색깔이 회색 아니면 흰색!
머리가 세는 것은 나이 들고 늙었다는
표시로 존경과 경의의 대상이 아니었나?
이제 젊은이/늙은이, 여자/남자,
흑인/백인, 누구나 동등하고 차별이 없다.
세상에 이렇게 많은 백발수염과 희끗희끗
회색빛 구레나룻을 본 적이 없다.
진정 코비드19라는 바이러스는
머리 세는 바이러스인가?

GRAY–HAIR VIRUS

As you crawl out of your self–imposed hermitage of three years

and surreptitiously venture out into the real world--
you creep into the corner grocery–stores, the bread shop,
the drug store, and the post–office,
did you notice how everyone who work there or shop there
is gray–haired or white–haired? The gray–hair used to be the
sign of maturing and aging, and invited respect and

deference,

is now the predominant hair color of everyone--young/old,
male/female, black/white, pretty equal and non-

discriminatory!

I never saw so many salt and pepper beards and sideburns.
Is the virus named covid19 really a gray–hair virus?

기말 고사

스물두 명의 학생들이
백지 앞에 고개를 숙이고

기억을 쥐어 짜고
몸뚱이를 뒤틀고 다리를 흔든다.
아! 보상의 괴로움이여.

여러분은 우리의 미래입니다.
우리의 미래는 여러분에게 달려 있습니다.
부끄러운 A학점보다 떳떳한 B학점이 더 좋습니다.
낱말 하나를 몰라도 되고
한자 하나를 못 읽어도 괜찮습니다.
각자가 자기의 삶의 뜻을 찾으십시오.
그리고 자기 속에서 자신의 진리를 찾으십시오.

나는 목에 힘을 주고 이런 소리를 외치고 싶다.
그러나 왠지 차마 입이 떨어지지 않는다.
그래서 겨우 한다는 말이
여름방학 잘 지내세요

그동안 수고했어요.

학생들이 하나씩 교실을 나갈 때
나는 이 소리 없는 외침에 겨워
가슴이 벅차 오른다.
아, 사랑하는 학생들
훌륭한 사람 되기를.

FINAL EXAMINATION

Twenty two students bent over

their sheets of white paper

wringing their memory and

twisting themselves and shaking their legs.
Ah, what pain for what recompense!

You are our future.

Our future depends on you.

An honest B is better than a shameful A.

It's O.K. not to know a word

or not to know how to read a Chinese character.

Find your own meaning of life.

Discover your own truth in yourself.

I want to shout out to them at full throat.

But my mouth does not open.

All I managed to say was:

You worked hard this semester.

Have a great summer.

As each student gets up to leave,

My heart is about to burst with the suppressed

shouting in my chest.

Ah, my dear students,

I wish you well!

행복의 꿈

행복을 꿈꾸는 그대들이여,

깨어나라, 손끝에서 춤추는 파랑새,

잡힐 듯이 잡힐 듯이, 잡히지 않는.

눈앞에 펼쳐진 참 그림을 보라,

지금 이 시간, 이곳

사람들, 꽃들, 곤충들, 모든 존재들(그대도 포함하여)

그대의 이상이 꿈꾸는

그림같은 집, 행복한 가정, 훌륭한 삶, 고상한 목표,

모두 마음 속에 두고 두고 길러 온,

고정 관념, 완벽의 그림.

지금 보이는 그대로를 보라, 그리고

묻지 말라.

자신의 환상을 지워버리라--지난날 무엇이 되었어야 했다던가,

지금은 무엇이 되어야 한다던가, 앞으로는 무엇이 되어야겠다

던가--모든 환상.

이 모든 것들을 비워 버리면

자신 속에 새 그릇이 생겨남을 느낄 것이다. 그리고

꿈에도 기대하지 않았던 축복이 폭포처럼 넘쳐

흐를 것이다.

DREAM OF HAPPINESS

Wake up, all you who dream

of happiness, that ever elusive blue bird

that dances at the tip of your fingers

but will never be caught.

See the real world spread out

in front of you, the time and place,

people, flowers, insects, all beings (including yourself).

Leave behind the ideals of your

dream home, happy family, good life, and lofty goals

that you so carefully nurtured in your mind,

the concept of fixed notions, the picture of

perfection.

Look at the things as they are now and

do not question.

Get rid of the illusion of self--what you should have been,

should or will be,

When you have emptied out some of these,

you will feel yourself a growing vessel,

a large receptacle in your heart,

which will be filled with the most unexpected

blessings overflowing like a waterfall.

기억의 홍수

나이는 잃어 버릴 일 없으니
숫자를 셀 필요가 없다기에

세지 않고 살았는데
하루는 한꺼번에 80이 됐다.

링컨 대통령이 게티스버그 연설에서
Four score… 라고 했던 그 4 곱하기 20

초등학교 2년생은 누구나 아는 곱셈
그건 큰 숫자인데 내가 그렇게 많이 살았단 말인가!?

그 많은 세월 다 어디로 갔단 말인가
믿을 수 없는 숫자에 놀라 멍청해지는 순간
수문이 열리듯 쏟아지는
기억의 분출.

어린 시절, 전쟁, 불행했던 젊은 날, 분주한 중년 40, 50대,
조부모님, 엄마 아버지, 친구들, 선생님들, 따뜻한

사람들, 생의 축복과 그 밖의 일 등등.

인도 사람들이 갠지스 강에 들어가
몸을 씻듯이
나도 이 기억의 물 속에 들어가
나를 씻어나 볼까?

GUSHING MEMORIES

No one will steal your age,

no need to count them is what they said.

I believed them and never did.

Suddenly one day, I became 80 years old.

Abraham Lincoln famously referred to it as "Four score"

and 4×20 is a big number.

Any second grader will tell you that

and that's how long I have lived!?

Trying to conjure up how all those years have gone by,

while still in my disbelief,

an onslaught of gushing memories rush over me

as if the floodgate was opened.

Memories of childhood, war, miserable young days and

busy middle ages, the grandparents, Mom and Dad, friends,

teachers, life's blessings and others.

Like the Indians who wash themselves in the Ganges River

I wonder if I can jump into the gushing river of memory

and wash myself clean.

제2부

궁극의 언어인

장인은 연장을 잘 고르고(선택을 신중히 하고)
익숙하게 사용하며, 잘 관리하고 보존하여, 일생을 두고 쓴다
나의 연장은 언어 곧 말이다. 그러므로 나는 언어를 조심해서
선택하고 그 사용을 조심하며
오래 쓸 수 있도록 관리 보존한다.
나는 언어가 함부로 쓰이는 것--
오용(잘못 쓰임), 남용, 악용, 도용, 차용 등을 모두 싫어하고
폭력적 사용, 어긋남, 모두 안 좋아한다.
나는 언어를 사랑하고 존경하는 ultimate language person이
다.
조침문을 쓴 유씨 부인은 확실히 훌륭한 장인이었을 거다.
그래서 바늘의 부러짐을 마치 자식을 잃은 듯 조문을 지어 위
로했다.

삶의 가능성

삶의 무한정한 (모든) 가능성에 대해
어떤 겸허함을 갖고 있느냐가
삶에 대한 우리의 태도를 결정한다

행복한가 아닌가는 매우 좁은 질문이다.
지금 당장 눈앞의 삶만 보고
그 밖의 수많은 가능성은 상상을
못한다면 그의 삶은
좁고 얇고 깊이가 없게 된다--1차원적

윤동주 시인에게 보내는 이멜

이멜 프로그램에서 포맷을 클릭

인코딩으로 간다. Western European(Windows)과 Western European(ISO)를 지나 more가 나오면 Korean을 찾아서 클릭

To: 빈칸에 Yoon Dong Ju를 치고

Cc: 란은 빈칸으로 놔 둔다. 다른 어떤 누구도 받으면 절대 안 되니까

Subject: 모니터 맨 아래 언어선택으로 가서 한/영 왼쪽의 A를 클릭하면 "가"가 된다. "별 헤는 밤"을 친다.

날짜는 컴이 알아서 자동으로 써 준다. 빈 공간에 메세지를 쓴다.

"윤동주 시인님,

안냐셈? 멜 쓰는 거 첨인데여. 요즘은 어른을 셈이라고 해여. 쫌 쎈 분은 쎔이라구 하구여.

여즘 하늘 나라 날씨 어때여? 여긴 비가 오구 무지 덥네여.

새들 미끄럼틀 낳이 타여? 셈은 첨부터 "하늘을 우러러"라구 하셨는데 그땐 하늘이 푸르고 높았나 바여. 여샌 하늘이 두껍구 무거운 커튼 늘어진 것 같애여. 가끔씩 걷어 올릴 수 있음 좋겠는

데 넘넘 크고 무거워서 못 들겠지여.

덥다구 엄마 아빠랑 바닷가 갔는데여, 사람 머리가 하두 많아서 까만 콩을 잔뜩 쏟아논 거 같애여. 물에 들어갔더니 수온이 체온보다 높아여, 누가 내 다리를 자꾸 잡아여, 물귀신인가 했지여. ㅋ ㅋ

셈은 "별 헤는" 게 오락보다 좋으셨어여? 여즘 "별" 같은 거 없거등여.

아, 참, 지못미가 뭔지 아세여? 누구냐구여? 그걸 물어 보시면 할배라구 해여. 가만 계시면 아저씨 소린 들을텐데. 오빠 아니구여.

어태치파일은 제 사진이에여. 길가다 지나침 알아 보시라구여.
답신은 안 주셔두 되구여. 또 쓸께여.

이만 총총
김경년 씀

강년에게

나는 믿는다
네가 하나의 별이 되어
시원한 공기를 마시며
아름다운 꽃밭에서
거닐고 있다는 것을

너는 밤하늘의 반짝이는
별빛을 보고 싶어했고
신선한 바람을 그리워했고
꽃과 나무가 무성한
정원을 한 번만 더 걸어보고
싶어했으니까

이제 너는 삶과 죽음의
구별없는 영원의 세계에서
별들 반짝이는 우주에서
투명한 대기를 호흡하며

꽃이 만발한 정원을
거닐고 있음을
나는 본다

8282

소규모 서비스업이 성공하려면

전화번호 마지막 네 자리가 8282라야 된다

성급한 고객들의 취향에 더없이 잘맞는 번호

8282 껌 딱이다딱이다 씹고

단물 빠지면 8282 입에서 꺼내

8282 책상 밑에 붙이고

8282 문자 보내고 8282 가방 싸고

8282 왕따시켜 쥐어 패고 8282 달아난다

100분의 1초도 길다는 초현대, 김연아한테 물어 봐

굼벵이는 저리 가고 느림보는 꺼져

뭐야? 살아 있다면 빨리빨리 살고

죽어 간다면 빨리빨리 죽어

세상 다시 고요하게

하루

하루의 아침은 유아기

살살 일어나 슬슬 아침을 먹고 커피 한 잔을 하면

정신을 조금 차리고 컴퓨터 열어 이메일 보고 신문 보고

소세를 하고 옷을 입는다.

아홉 시쯤은 20대 이것 저것 급한 일 해야 할 일 처리하고

정오가 되면 30대 점심을 하고

소후 두 시면 40대 장년 무거운 일들을 한다.

네 시가 되면 좀 쉬고 다섯 시가 되면 저녁 준비

여섯 시는 60대 일곱 시쯤이면 70대 설거지, 치우기

아홉 시가 되면 80대 녹초가 된다. 좀 쉬고 다시 일어나

후식 같은 짧은 내 시간 홀로의 조용한 시간

영면 전의 남은 시간 안간힘을 들여 깨어 있다.

죽음이 우리를 찾아오듯이 사르르 졸음이 찾아와

끄떡 끄떡

이렇게 하루에 일생을 사는 긴 시간인데

웬지 일주일은 한 사흘

한 달은 그저 달(月) 한 번, 길 청소 두 번

셋째 금요일은 저쪽, 넷째 화요일은 이쪽

한 달 두 달 석 달 넉 달

어느새 열두 달 한해가 휙 지나가 버리고
팔십(80)을 살았는데 짧은 세월은 절대 아니지.
근데 왜 이렇게 허망하게 느껴질까?

한국어 교수

안녕하세요 감사합니다
누구에게 이런 한국어를
가르치는 일은
사치스럽거나 이름을 날리는
일이 아니다

어제도 오늘도 날마다 하는 일
참 오랫동안 해 왔다
무엇이 나를 이 일에 계속 붙들어 매는 것일까
어떤 연결감, 한 민족의 문화, 사고, 마음에
다리를 놓는 일
아니면 굶주리고 아픈 영혼을 달래어 주는
최면 의식

동화책 외우는 어린 아이처럼
삭발 선승 초년생 불사의 마당 쓸듯
같은 일을 하고 또 한다 어제도 오늘도 내일도

그리곤 생각한다, 도대체 내가 전달하려는 것은 무엇인가

그들은 또 무엇을 기억이나 하려고 할 것인가

또 하나의 하루
또 하나의 햇볕
또 하나의 교실

한국인이라는 역사적 숙명

한국인이라는 역사적 숙명을 거스를 수는 없을 거에요.

그러나 지금 당장 해야 할 일은 어느 한계 내에서 선택할 수 있다고 봅니다.

예를 들어 김정은이와 가깝게 지내는 것이 더 필요한가

아니면 원격의 미국, 근격의 일본과 같이 서야 할까?

우리의 생존과 존속을 위해서 말입니다.

지금 우리가 이데올로기 논쟁으로 호사할 때는 아닌 것 같습니다.

전세계가 죽 끓듯 하는데 우린 왜 넋을 놓고 로빈 후드의 낭만주의,

아니면 김일성의 전세기적 구세주를 외치는가? 배가 덜 고파서?

헐벗고 굶주린 백성을 목숨 걸고 잘 살게 해 주었더니

물에 빠진 놈 건져주면 보따리 내란다는 격,

웃지 못할 넌센스, 백치적 사고에 기가 막힙니다.

지금 한국의 사태는 참으로 강 건너 불 보듯 할 수 없는

절박한 상황입니다.

국민들이여, 일어나소서!

문재인 백치, 김정은 악마 통치 아래 숨막혀

질식사를 당할 것이라면

지금 차라리 그나마 남아있는 얄팍한 자유를 숨쉬며
나의 마지막 순간을 보내는 것이 백배 천배 나을 것입니다.

홍영란 여사

우리는 자주 만나는 사이는 아니었지만
일년에 한번 정월에는
동네 여성들을 집에 모아
멋진 점심을 대접해 주곤 했지요.

한번은 새해의 결심을 이야기하다
죽은 후에 아이들이
옷장 치울 일을 생각하며
부지런히 정돈하고 치워야겠다고 했더니
어쩜 나하고 그렇게 같은 생각이냐며
반가워했지요.

그 후론 만나기만 하면
옷장 청소 잘 하고 있느냐로 인사를 나누었지요.
말은 그렇게 했지만
속으론 그런 날이 영영 오지 않기를 바라는 마음.
우린 서로 보고 웃었고,

미세스 홍은 작은 눈이 더 작아지며
매끈한 두 볼에 긴 보조개를 드리우고

웃던 모습.

아직도 눈에 선한데
이렇게 빨리 닥칠 줄이야
어떻게 알았겠습니까?

삶과 죽음이 점점 더 가까워지네요.
죽음도 삶의 연속이 아닐까요?
이제 당신은 우리를 떠나는 것이 아니라
모습만 바뀔 뿐.

옆에 있지만 아닌 듯하고
같이 있지만 보이지 않는
맑고 투명한 존재로
바뀌었을 뿐.

말해 주세요,
우리 곁에 늘 함께
있을 것이라고,
사랑하는 미세스 홍.

카약KAYAK

글쓰기 모임에 나오시는
대장님의 애칭을 가진 80대 장년.
최근 카약kayak 하나를
새로 장만하셨단다.

포인트 리치몬드 바닷가에 나가
큰 주거을 양손에 쥐고 노를 저으며
둥둥 떠다니시는 모습
쎌피 동영상을 카톡으로 보내왔다.

물결이 제법 출렁이고 가득한 것으로 보아
만조인 모양
배경으론 그리 멀지 않은 큰 배가 보이는데
일엽편주 노랑 구명 조끼에 색안경과 모자
주걱을 양손에 잡고 휘저으며
둥둥 떠다니시는 모습
이 어찌 시 한 줄 나오지 않을 수 있을까?

크나큰 바다에 노랑 잎사귀

홀로 떠서 흔들리는 잎새 하나
이것이 우리 삶이 아닌가?
이 존재에 의미가 있다면
무엇일까?

그렇다!
그것은 다름 아닌 사랑이라는 것
젊었을 땐 입에 올리기 조차 부끄러웠던
그 두 글자 "사" "랑"

아니면 할아버지 사시는 바깥채를 사랑舍廊이라 했던가?
애써 피하려던 그 어색한 낱말
도덕심 강한 집안 어른들, 그런 건 예수쟁이나 하는 거라며
예배당 다니지 말라고.

무엇인지도 모르고, 알려고도 하지 않고,
듣지도 말고 입에 올리지도 말아야 했던
추하고 상스럽고 잡스러운 낱말

그 속에서 살았으니 그 낱말을 배우는데
일생이 걸린들 배워질까?
이제 살 날이 많이 남지 않았으니
창피함은 잊어버리고
사랑이란 어려운 낱말 하나 배워 봄이 어떨까?

망망대채에 카약 하나 가지고 나가
커다란 주걱을 마구 휘두르며…

2020년 코로나 팬데믹은 나를 은둔자로 만들었다

신체적으로만이 아니라
정신도 감성도 느낌도
인지능력도 완전 폐쇄됐다.

밀폐된 공간,
밀폐된 시간,
밀폐된 정신 세계,
밀폐된 존재.

심리적 밀폐--무엇을 느끼는지 느낌도 없고
욕망도, 욕구도, 희망도,
아무것도 없는 무의 세계--무의 존재.

이것이 무엇인가?
숨을 쉬고 목숨이 붙어 있으니
사는 것인가?
이런 존속이 삶이라고 할 수 있을까?

"희망의 고난"이라는 제목의 글을 쓰란다.
무엇으로 어떻게 희망이란 놈을 빚어야 될까?

덜커덩, 덜커덩

한 주에 두 번 가는 Rehab Class에서
헉헉거리며 옆에서 운동하는 사람의
크로스 트레이너(Cross-trainer) 밟는 소리가 내 기억을 충동한
다.
70년 전 친구의 어머니가 운영하던 동네 방앗간 소리 같기도
하고,
할머니가 이불을 뜯어, 솜뭉치를 들고 가시던 솜틀집 기계 소
리 같기도 하다.
유명한 일본 영화 "이키루"에 나오는 기차소리는 "토데스카
덴"이라고 했다던데 크로스 트레이너 소리는 그런 멋있는 리듬
은 아니고,
다만 내 기억의 깊은 구석에 자리하고 있는 방앗간의 쌀가루
찧던 기계 소리.
덜커덩 덜커덩 하던 소리.
그 어머니는 아들 하나 딸 넷을 데리고
방앗간에서 검은 머리에 하얀 쌀가루를 뒤집어 쓰고
아들을 미국 유학시키고,
딸들도 다 대학, 유학시키셨지.
성이 "기"씨라 아무래도 기자조선 세운 집안과 연관이 있었던

지….

   솜틀집 할아버지는 오래된 이불에서 나온,

   덩어리진 솜을 다시 반져서

   새 이불에 넣을 풍성한 솜반을 만들어 내었지.

   이런 기억을 할 수 있는 내 어린 시절--참 귀한 시절이었다.

   다시는 찾아도 보이지 않는,

   그래도 내 맘속에 그 덜커덩 소리 살아 있어

   할머니 따라 다니던 어린 시절,

   풍성한 삶의 아름다운 그림을 되살려 준다.

마음의 해방

우리의 마음을 해방시킨다는 것이
　　　이렇게 어려운 것일까?
우리는 너무도 miserable(불행)하다

왜? 나 자신의 삶이 싫고
　　　남이 나를 미워함으로
　　　나도 미움으로 가득찬다
그 대상이 누구냐? 는 별로 중요하지 않고
　　　다만 나 자신만을 볼 때 확실히 나는 미움으로
　　　가득차 있다.
　　　마치 똥통에 똥이 가득하듯이.
이것을 쏟는 곳은 어디일까?
　　　집이요, 사회요, 국가요, 세계다.
그러니 내게 돌아오는 것은 또 똑같은
　　　미움과 증오, 시기와 질투, 폭력이다.
이 순환 속에서 벗어날 수 있는 방법은
　　　무엇일까?
우선 나 자신을 비워내고 해방시켜야 된다.
그 다음엔 새 그릇에 새 물을 담는 것이다.

복을 아껴야 된다

할머니가 늘 하시던 말씀
엊그제는 가슴에
중압감과 함께
통증이 왔는데
시간이 가도 없어지지 않기에
남편의 도우미에게 부탁해
응급실로 갔다.
하루종일 이런 저런 검사를 하더니
다음날 stress test를 한다고 하룻밤 묵으라고 했다.
다음날 nuclear stress test라는
겁 주는 테스트를 두 시간 가량 걸려 받았다.
오후 3시쯤 6층 담당 의사가 오더니
테스트가 음성으로 나왔다고 퇴원하라고 했다.
딸에게 전화해
차를 타고 집에 오니 마치 새 생명을 얻은 듯이
기쁘고 감사했다.
그리고 나에게 주어진 것이 얼마나 많은가
다시 한 번 감사하지 않을 수 없다.
그리고 이 모든 주어진 것을 감사하며 헛되이
소비하지 않을 것을 다시 한번 절감했다.

물을 아껴 쓰라고,
복을 아끼라고 하시던 나의 할머니
말씀을 되새기며 그것은
곧 humility라는 것을 생각한다

쓰레기

길에서 몇 번을 넘어져
크게 다친 후부터
길 바닥을 열심히 보는 습관이 들었다.

그래서인지 밖에 나가면
자연 눈에 들어오는 것은
그리 아름답지 못한 것들.

주민들과 정원사들이 공들여 가꾸는
나무들과 꽃들이 도처에 있건만
웬지 눈에 뜨이는 것은 휴지조각,
쓰레기, 잡동사니.

엊그제는 알타 베이츠 병원 앞길
두세 블럭을 걷는데
길에 널브러진 쓰레기의 양이
유난히 많아 놀랄 정도였다.

종이 컵, 플라스틱 포크,
애기 입에 물리는 고무 젖꼭지,
일회용 마스크, 양말짝, 신발짝,

슬리퍼, …

이건 정말 길거리가 하나의 거대한
쓰레기통이다. 엉망진창!

여기가 내가 살고 있는 버클리란 말인가?
그 유명한 U.C. Berkeley로 알려진 대학촌.

57년 전 내가 처음 왔을 때는
조용하고 아담한 다운타운:

서점 많고, Roos Atkins, Joseph Magnin,
자그마한 고급 부티크 많고,
YWCA, 미국 여학사협회, 유태인 학생 숙소 등등

그때를 생각하면
지금 이것이 발전의 모양인가? 퇴폐의 모양인가?
옛날 어른들이 늘 미래를 걱정하던 것이 떠오른다.
내가 어른 되었다는 증거일까?
아니면, 미래는 항상 걱정거리라는 말인가?

어머니 날 노래

엄마의 자궁 속 같은 이불 속에서
발가락을 꼼질거리기도 하고
찬 손을 뎁히기도 하고
헤밍웨이 소설을 읽다가 잠이 들기도 한다.

성모송 기도를 올리다가
한쪽으로 잠이 들면
귀가 아파 깰 때까지
깊이 잠이 든다.

오늘은 한국의 어머니 날 아침
카톡으로 들어오는 "울엄마" 사진
102세 어머니의 참으로 고우신 모습
옆에 놓인 화병의 화사한 꽃
잘 어울어진 한 폭의 액자 사진.

나의 어머니는 33세, 피난지에서
총알이 눈더미에 콩알처럼 박히던 밤
용인군 구성면 청덕리

이참봉 댁 행랑채 토방에서
어린 딸은 잠들고 듣는 이 없이
조용히 숨을 거두었다.

내 나이 열 살, 동생은 여섯 살.
72년 전.
오늘 어머니 날에,
자궁 속 같은 이불 속에서
그리는 엄마!

여장부

고대수 수호지에 나오는
청덕리* 이참봉 댁 마님:
입에는 장죽을 물고 계셨지.

중공군이 대문을 뚜드리고
"주인, 주인" 부르며 쌀자루를 들이밀면
"쌀을 내다 주라"고 하셨다.

고모는 25세 달같이 훤한 얼굴에
아궁이 재를 발라 노인처럼 꾸미고
머리에는 흰 수건을 둘러 썼다.

33살 엄마는 병상에 누워 영양실조와
질병으로 죽어가고 있었다.

* 청덕리: 경기도 용인군 구성면

_____ 제3부

LITTLE MISS TRUTH

Little Miss Truth sat on a tuffet

eating her curds and whey.

Along came an Untruth and sat down beside her

and scared little Miss Truth away.

Little Miss Untruth sat on a tuffet

eating her curds and whey

along came a bigger Untruth and sat down beside her

and scared the little Miss Untruth away.

Little Miss Bigger Untruth sat on a tuffet

eating her curds and whey

along came an even bigger Bigger Untruth and sat down

beside her

and scared the Bigger Untruth away.

Now you know the game and I don't have to go on.

You play it yourself until the biggest Untruth in the whole

world

sits down on a tuffet eating her curds and whey

and all of ours.

LOSING TIME

How innocent they were

wandering in the forest of memory

in search of times lost;

tying down moments

on paper with a pen···

Now we, who are too smart,

can hardly wait a moment

to lose time

as quickly as we possibly can.

Eat fast and faster still,

spend fast and faster still,

we cannot wait for time to go

fast enough.

All those living live fast

all those dying die fast

and all should be pushed off

the cliffs of oblivion

fast and faster still.

What remains after us

are the black skid marks

of tires peeled against

the walls of the freeway--

signs of terrifying speed.

MCKENZIE RIVER

The vast amount of clear blue water

flows nonstop

in full force and great abundance.

The water, the color of jade,

tumbles round the rocks

and makes deep pools here and there.

Rafters in lifejackets scream through

the rapids around the rocks--

screeching with primordial joy and fear.

Where is this vast amount of water

coming from and where is it going?

The water that flows

non-stop and without let-up.

Only the blessings of God

would overflow like this.

Flow water, flow,

into my eyes

into my ears

into my soul

until all the blood in my veins

turns to clear blue water,

deep clear water!

ONE THING I GOT INTO DOING

One thing I got into while staying home 24/7 for a year and 4,
5 months at a stretch is

to sprout seeds from avocados, loquats, and lemons. I got
three avocado plants and

2 loquat plants. I don't know where they will find their
permanent home but anyway

they are here in my kitchen.

Looking at the small baby plants I was reminded of a young
man who used to stand

in front of the Newman Hall for years and ask "Would you
like an orange tree?"

I never took up on the offer but he was a tall man with a
beard and dressed in white

holding a tiny orange tree that he must have germinated
himself. He held the baby

orange tree as if it was a very precious treasure.

I wish I had taken up on his offer and had planted an orange
tree in my yard. It would

have grown to be an old tree by now. I can't believe it was

45 years ago. 1976 and how

far ahead he was. I am only starting my trees now thanks to

covid 19 pandemic.

SUMO WRESTLING

I have never been so moved

by a single sentence than

when a Japanese high school senior

who had just received her high school diploma

with a deep bow, said

"I want to be a gentle and happy pre-school teacher

who sumo-wrestles with the kids."

She shyly smiled revealing

her big canine teeth and her ponytail.

What a beautiful person--the purity

of her soul brought tears to my eyes.

TO THE NURSE WHO ASKED ME "DO YOU SMOKE?"

I said "No, I don't."

She asked "Do you drink?"

I said "No, I don't."

"What do you do for fun?"

"I thought smoking is bad.

And drinking too."

She said "You must dance " with a smile.

"I wish I knew how." is what I said.

I don't know if it is for fun or not

but I do listen to music a lot,

I knit a lot to keep my hands busy,

I drink coffee with cream to make it a café au lait,

I eat peaches and nectarines to feel the summer,

I play Wordle to activate my brain,

I take a nap in the afternoon to rest,

I pray to fall asleep.

Anything else you want to know?

Send me the questionnaire.

WISH FOR MYSELF

A wish for myself is to remain a poem,

a free verse that someone will quietly mouth

with no rhyme or reason,

but riddled with meta fores and back.

If you can–tata, it will be fun,

if you can't tête à⋯ that's fine. two.

O, if I can re: main a poem,

it will be a pleasure of no measure!

I WANT TO REMAIN A POEM

I want to remain a poem

if I may remain anything at all.

Does not matter who and when

where why and for what reason

It is good.

It is beauty

I am a poem.

IN THE BEGINNING

there was truth

along came an untruth and sat down beside her

and scared little Miss truth away

along came another untruth and sat down beside the one
untruth

and scared the one untruth away

along came another untruth and sat down beside the other
untruth

and scare the other untruth away

along came yet another untruth and sat down beside the
other untruth

and scared the other untruth away

along came another untruth in this ad infinitem like

bacterial cycle,

we don't have to write all of it

just go back to the beginning and read it over again

Got that?

국제화 시대의 시와 번역

김경년

1. 머리말

한국문학이 국제 독자들을 만나려면 번역을 피할 수 없다. 아시아에서는 중국어, 일어 번역이 필요하고 유럽에서는 프랑스어와 독어, 그리고 세계적으로는 영어 번역이 가장 유용하다고 생각되는데 그것은 현재 영어가 국제 공용어이기 때문이다.

따라서 영문 번역에 대한 여러가지 논의가 일어나게 되며 번역은 어떤 번역이어야 하는가가 매우 중요한 관심사가 된다.

번역 이론가들이나 평론가들은 번역에 대하여 여러 가지 의견을 가지고 있으므로 실제로 번역에서 "완벽이란 없다"는 것에는 대개 동의를 하나 그밖에 여러 가지 문제, 특히 어떤 번역이 원작을 전달하는 데 가장 좋은 번역인가에 대해서는 의견이 분분하다. 실제로 한국문학도 "번역"이 문제가 되며 그 때문에 한국문학이 외국 독자들에게 다가가지 못하는 것이라고들 한다(작가 황석영, 이문열 등).

영국의 Sophie Bowman이 한강의 『채식주의자』 Vegetarian를 번역하여 Man Booker International Prize(2016)를 받았고 신경숙의 "엄마를 부탁해" Please Look after Mom도 김지영 번역가의 번역으로 The Man Asian Literary Prize를 받으며 상당한 관심과 흥미를 일으켰다고 할 수 있다. 앞으로 점점 더 많은 작품이 번역되어 나오리라 믿는다. 동시에 코리안 아메리칸 작가들의 영문 원작도 심심치 않게 출판되어 소수이지만 이창래, 노라 옥자 켈러 등 작가들이 활동하는 것을 본다. 시인으로는 Kathy Park, 김명미 등이 활발한 활동을 하고 있다.

필자는 번역 이론가가 아니며 한국시와 산문을 영역한 경험을 좀 가지고 있는데 그것을 바탕으로 발표의 내용을 삼을까 한다.

보통 "번역은 반역"이라든가 또는 "번역의 상실"이라는 등의 일반적인 번역에 대한 부정적 시각이 원작자 또는 번역가들을 실망시키고 힘을 빼는 것만은 사실이다. 특히 시의 경우 더욱 그렇다. 그럼에도 불구하고 시와 번역은 점점 더 가까워져야 하고 동반 상태를 유지하지 않을 수 없다. 간단히 결론부터 말하자면 좋은 번역이란 "원작을 충실하게 번역어로 옮기되, 번역된 텍스트도 그 자체로서의 우수한 문학으로 작품성을 평가 받을 수 있어야 한다"고 믿는다. 그러면 "원작을 충실하게 번 역한다"는 것은 무엇을 말하는 것이며 "번역 작품도 문학적으 로 우수해야 한다"는 것은 또 무엇을 의미하는 것인가?

2. 원작의 충실한 읽기와 시의 해석

번역은 실상 읽기와 쓰기의 복합작업이라고 할 수 있다. 언 어는 심층구조와 표층구조로 구성되어 있다고 생각할 때 원작 의 표층구조인 텍스트를 읽고 그 심층구조를 파악해내는 일과 파악한 심층구조를 도착어의 심층구조로 전환하여 다시 새로 운 표층구조를 창작해 내는 과정, 이것이 곧 번역 작업이라고 할 수 있다.

번역의 첫째 작업은 작품의 읽기인데 읽기를 충실히 하지 않으면 작품의 내용을 잘 해석할 수 없고 내용을 모르며 글로 쓴다는 것은 불가능한 일이다. 이것은 상식적인 이야기인데 번역 작품을 읽다 보면 이런 느낌을 주는 경우를 보게 된다. 충실한 번역은 매우 자세하고 충분한 읽기에서부터 시작된다 는 것을 강조하고 싶다.

시는 산문과 달라 어휘 수도 적고 텍스트의 길이도 훨씬 짧 다. 따라서 번역도 그만큼 용이하고 노력이 많이 들지 않을 것 이라고 생각하기 쉽다. 그러나 시는 함축성을 가지고 있기 때문에 그 내용을 충분히 파악하고 해석하려면 시의 모든 가능한 읽기와 의미, 시적 이미지를 마음 속에 그려내야 한다.

거듭 강조하거니와 시는 매우 농축된 문학 장르로서 정서, 사고, 철학, 지혜, 위트, 유모어 등, 모든 문학적 요소가 가장 간결하고도 깊이 녹아 있다. 이것은 또한 여러가지 문학적 장치, 예를 들면 은유(metaphor), 암시(allusion), 내재적 리듬과 음상(sound image), 시어 등으로 표현된 고도의 언어예술이기 때문에 그 읽기도 매우 치열한 작업을 요한다. 어휘가 내포하고 있는 뉘앙스와 내연(內延, connotation), 이미지, 각운(rhyme) 등을 모두 파악해야 한다. 번역가의 마음속에 특정의 시가 자리잡고 그 시의 그림이 그려질 때, 그것을 바탕으로 도착어로의 전환과 재실현이 가능하다고 생각된다.

아일랜드 시인 쉐이머스 히이니는 "베이오울프"(Beowulf)를 번역한 경험담에서 "작품 속에 들어가 앉아 약탈(raid)을 감행했다"고 말하는 것을 보았다. 대개의 번역가들은 작품을 "소유"(own)한다는 표현을 쓰는데 이는 곧 원작을 "내 것"으로 만들어야 번역어로의 재창조가 가능하다는 뜻일 것이다.

3. 번역의 작품성

보통 외국의 경우 시는 시인이, 소설은 소설가가 번역을 한다. 번역은 언어에 대한 조예와 문학적 소양, 그리고 작품에 대한 무한한 애정을 필요로 한다. 시인은 시에 감동하며 그 감동을 가장 잘 표현할 능력 역시 시인이 가지고 있을 것이다. 필자에게는 종종 외국 시인들로부터 부탁이 들어온다. 대부분 영문으로 번역된 한국시에 관한 것인데 이해하기 어려우니 한 번 보아 달라는 것이다. 번역시를 읽어 보면 시의 내용이 충분히 파악되지 않은 상태에서 언어가 전환된 것을 본다. 이런 경우 시 전체의 주제, 내용, 이미지, 정서, 교훈 등 내적인 요소가 전달되지 못하므로 자연적으로 시의 전달은 이루어지지 못하는 것이다.

최근에는 "이중 언어 구사"(bilingual)라는 말 외에 "이중 문어 구사"(biliteral)라는 말을 많이 하는데 그것은 문어(文語)의 사용능력을 말하는 것이다. 어느 언어에든 "구어"와 "문어"의 차이가 있는 것이고 한국어의 경우 그 차이는 매우 크다. 영어에는 한국어에서와 같은 체계적인 경어 체계 또는 존대어는 없다고 할 수 있겠으나, 언어의 등록(register)이라는 것이 있어 사회적 상황에 따른 여러가지 언어적 예의와 관습, 예식, 사석과 공석의 담화의 차이 등, 상황에 따른 언어의 사용이 다르다(어휘의 선택 또는 문장의 스타일의 차이). 또한 구어와 속어(slang)가 있고 소위 "길거리 언어"(street language), 또는 특정 소수 커뮤니티에서 사용되는 특수 언어 (Ebonics, Pidgin 따위) 등이 있다. 이것은 언어의 문화에 속하는 것으로 영국의 영어와 미국의 영어에도 차이가 있다.

한국어와 영어는 언어학적으로 볼 때 거리가 먼 언어들이다. 의미체계와 구조, 담화론적 스타일 등이 매우 다르다. 번역가는 각각 언어의 활용법(workings)을 잘 알아야 되고 두 언어를 나란히 놓고 볼 때 의미적 등가관계를 측정할 수 있어야 한다. 한국 산문을 주로 번역하는 브루스 풀튼 교수는 번역을 공부하는 학생들에게 많은 독서를 권장한다. 독서를 통해서만 문학과 문어에 접할 수 있으며 이를 통해 창작법을 습득할 수 있기 때문이다.

4. 쓰기 작업 : 표현과 시어 선택의 중요성

번역을 하기 위해 원작을 읽을 때는 거의 텍스트의 분석을 넘어 심지어는 해체 수준에 가까울 정도로 꼼꼼히 읽어야 되는데 그것은 위에 말한 시의 모든 내용 – 주제, 정서, 위트와 유모어, 지혜 또는 교훈, 시의 의미, 이미지, 시의 구성, 연의 구성, 구문, 구문적 요소(주절, 종속절, 후치사구, 부사, 형용사 등), 어휘, 음상적 특성(리듬, 자음의 강약, 모음의 높고 낮음, 어둠과 밝음, 장단) 등의 모든 요소를 파악하는 것을 뜻한다. 다시 말하면 표면적인 구성 – 연과 행의 구성, 구둣점의 유무로부터 시작하여 각 연의 주제와 의도, 내면적 감동을 읽어내는 심도 있는 파악을 의미하는 것이다.

일단 작품의 파악이 이루어지면 번역어로의 전환이 가능하며 쓰기 작업(문예창작)을 시작한다. 도착어로의 창작과정으로 들어가게 된다. 내용을 어떤 방식으로 표현하느냐가 곧 창작의 과정이 될 것이다. 여기에 문장의 구성, 어휘의 선택, 내재율(리듬), 운(rhyme), 두운(alliteration), 음상(소리), 시적 이미지 등 모든 시적 장치를 부과하여, 시의 감동을 전달하도록 노력한다.

번역된 텍스트가 문학성을 가져야 한다는 것은 주로 가독성을 말하는 것인데 도착어 텍스트는 문법적으로 하자가 없고 자연스러운 언어로 되어 있음은 물론 더 나아가 문학적으로도 높이 평가될 수 있는 작품이어야 한다는 것이 최근의 동향이다. 원작이 주는 문학적 감동(미적, 정서적, 감각적 감동 또는 감흥)이 번역 텍스트에서도 전달되어야 문학번역이라고 할 수 있다.

어떤 번역가들 또는 평론가들은 번역작품이 처음부터 도착어로 쓰여진 작품같이 읽혀야 된다고 주장한다. 필자는 진정 그것이 이상적인 번역일까를 종종 생각하게 된다. 한국 문화와 한국어는 영어권의 여러 문화와 영어와의 언어적 거리가 매우 멀다. 이런 경우, 작품 속에 원작자의 음성이 반영되고 그 음성 속에 필연코 문화적인 특성이 잠재한다면, 번역 작품이 처음부터 번역어로 쓰여진 듯이 읽히는 것이 가능하며 또 가능하다 하더라도 진정 가장 이상적인 번역일까를 생각해 보게 된다. 특히 원작의 문화적 특성이 매우 다른 한국어와 영어의 경우, 이런 특성이 모두 영어화되고 중화되어 버린다면 원작의 작품적 특성은 실로 상실되는 것이 아닌가 한다. 실은 바로 이런 문제가 유럽 여러 국가에서 "세계화"라는 말에 크게 거부반응을 일으켰던 부분이 아닌가 한다.

한국적 정서, 한국어의 특징과 아름다움, 특히 의태어, 의성어, 그밖에 형용사, 부사 등은 어떻게 영어로 번역될 수 있을까? 이것은 참으로 번역가들에게 큰 도전이 된다. 일반적으로 언어의 특성과 특징을 극대화하는 시는 번역이 어렵다. 여러 가지 방안을 생각해내지만 한국어에서 우리가 느끼는 동등한 느낌을 영문독자에게서 기대하기는 어렵다. 우선 번역이 어렵고 독자들에게도 같은 "류"의 언어적 경험과 인식이 부재할 수도 있다. 어휘 대 어휘의 번역보다는 전체를 통한 어떤 자세, 어조, 흐름, 느낌, 정서, 생활감정 등이 전달될 때 한국적인 문학성이 전달되는 것이 아닐까? 영어의 표현 방식을 이용하여 한국적 정서를 표현하는 것이 될 것이다. 번역시의 궁극적인 목표는 무엇인가? 그것은 외국 독자들이 한국시를 원문으로 읽을 수 있도록 격려하는 일일 것이다. 번역은 임시적인 방편일 뿐이다.

번역 대상의 시를 선택할 때 가장 중요한 것은 번역가에게 감동을 주는 작품이다. 모든 시가 다 같은 감동을 주는 것은 아니므로 때로는 몇 시인을 집중적으로 조명하는 것도 하나의 방법이다. 수많은 시인들의 작품을 많이 번역하여 한 시인, 한 권의 시집으로 소개하는 수준에 머물지 말고 한 시인의 시집을 적어도 서너 권 집중적으로 번역할 필요가 있다고 생각한다. 작고 시인이라도 한국시단을 대표하는 시인이라면 그들의 작품을 번역하여 국제 독자들에게 알려지도록 하는 것이 매우 필요하다고 생각한다.

한국문학은 아직도 접근이 어렵다는 말을 외국인의 글에서 보는데 이는 주로 번역의 부족과 보급의 문제인 것 같다. 예를 들면 『홍길동전』, 『심청전』, 『흥부전』, 『춘향전』 같은 고전을 어디에서 접할 수 있느냐고 문의하는 것을 본다. 이 경우 원본을 찾기도 힘들고 번역본을 찾기도 힘들다는 고충을 털어놓는 것을 볼 수 있다.

요즘같이 인터넷이 전세계를 연결하고 있는 때에 한국문학 접근이 어렵다는 말은 문학에 관여하는 우리 모두가 깊이 생각해야 할 반성 대목이 아닌가 한다.

미국 LA에서 출간되는 『해외문학』의 경우 그 홈페이지에 시가 많이 올라와 있는데 방문자 수가 10만 이상인 시가 여러 편 있다. 이것은 e-book을 만들 경우 접근이 쉬워진다는 것을 단적으로 보여주는 예라고 할 수 있다. 한국문학을 국제시장에 내어놓아 수입을 올리는 것이 목표가 아니라면 인터넷을 통한 보급통로는 한없이 열려 있다고 해도 과언이 아니다.

5. 맺음말

"대부분의 번역가들은 창작능력보다 언어능력이 뛰어난 사람들이다. 주제넘게 원작자의 음식에 손을 대어 맛을 버리게

하기보다 자신의 장기를 살려 그 음식을 보기 좋고 먹기 좋게
만들 수 있는 것으로 만족해야 한다. 독일의 슐레겔은 번역에
서는 번역되는 자 아니면 번역하는 자 둘 중의 하나는 죽게 되
어 있다고 했으나 원작자를 죽이는 번역은 진정한 의미의 번
역이라고 할 수 없다. 번역의 참모습은 원작자도 살리고 자기
도 사는 길이다. 즉 본래의 맛을 유지하면서 멋을 부리라는 말
이다.

뜻은 제한되어 있으나 말은 무궁무진하므로 번역가가 멋을
내려면 실력이 달려서 그렇지 결코 재료가 모자라서 못하는
것이 아니다. 멋있는 글을 쓰려면 출발어에 대한 이해력, 도착
어에 대한 자긍심과 문장력 그리고 창조적 상상력이 필요하나
니 이 또한 문학적 소양이 아니고 무엇이겠는가? 등가 이론을
설파한 E. 니다는 일찍이 번역가를 멋진 스타일리스트(stylist)
에 비견했다.

유연하다는 말은 여유가 있다는 말이다. 여유가 있다는 말
은 넉넉하다는 말이다. 넉넉하다는 것은 아옹다옹하지 않고
상대방에게 져 줄 아량이 있다는 뜻이다. 여유 있는 번역가는
원작자와 경쟁하지 않는다. 때로는 상대방(원작자)을 내세우
기 위해서 자신을 죽여야 한다. 번역의 맛은 오래된 장맛같이
은근히 우러나야 하며 번역의 멋은 겸양지덕에 있다. 살신성
인이면 더 좋다.”(이원택, “번역의 당위성” 신인문학상, 평론
부문, 『미래시학』 2015. 가을호. pp 172~188).

시와 번역은 평행선을 이루는 철로 같은 느낌을 준다. “시”

라는 모노레일 또는 케이블이 있다면 번역은 그 옆에 또 하나의 선로를 놓아 기차가 달릴 수 있게 하는 작업 같은 느낌을 갖는다. 두 평행선이 매우 가깝고 좁으면 협궤가 될 것이고 넓으면 기차는 넓고 완만할 것이다. 때에 따라서는 협궤의 번역, 때로는 폭이 넓은 평행선이 될 수도 있다. 중요한 것은 두 평행선이 나란히 가며 서로 교차하지 않는다는 것이다. 선로가 교차하면 기차는 달릴 수 없지 않은가.

시와정신해외시인선 14

고난의 영광

ⓒ김경년, 2025

초판 1쇄 | 2025년 7월 22일

지 은 이 | 김경년
펴 낸 곳 | **시와정신사**
주　　소 | (34445) 대전광역시 대덕구 대전로1019번길 28-7
전　　화 | (042) 320-7845
전　　송 | 0504-018-1010
홈페이지 | www.siwajeongsin.com
전자우편 | siwajeongsin@hanmail.net
공 급 처 | (주)북센 (031) 955-6777

ISBN 979-11-89282-78-3　　03810

값 10,000원

· 이 책의 판권은 김경년과 **시와정신사**에 있습니다.
· 지은이와 협약에 의하여 인지를 생략합니다.
· 잘못된 책은 바꿔드립니다.